황보 전 꿈과 시 2

사랑하는 사람

· 초판 1쇄 발행 2015년 10월 20일

· 지은이 황보 전
· 펴낸이 민상기 · 편집장 이숙희 · 펴낸곳 도서출판 드림북
· 등록번호 제 65 호 · 등록일자 2002. 11. 25.
· 경기도 의정부시 가능1동 639-2(1층) · Tel (02)2272-9090, Fax(031)829-7723

· **책번호 76**
· 잘못된 책은 교환해 드립니다.
· 이 출판물은 저작권법에 의해 보호를 받는 저작물이므로 무단 복제할 수 없습니다.
· 독자의 의견을 기다립니다.
· E-mail : saehan21@hanmail.net

황보 전 꿈과 시 ②

사랑하는 사람

드림북

황보 전 원사님!

살아생전에 국가를 위해서 헌신적인 노력과 희생정신을 마음에 새기면서 젊은 청춘을 푸른제복을 입고 34년이란, 긴 세월을 국가를 위해서 노력하신 공헌에 머리 숙여 감사드립니다.

후배로서 선배님을 존경하면서 하루하루를 열심히 배우고 닦으며 인내하고 참을 인자를 가슴에 새기며 34년이란, 세월을 묵묵하게 희생과 봉사의 정신으로 군 생활하신 전우이자, 대선배님 황보전 원사님 저도 선배님을 따라서 열심히 그리고 묵묵하게 길을 걸어가고 있습니다.

살아생전 늠름하시던 모습이 머릿속을 맴돕니다.

이제는 이 세상에 안계시지만 항상 선배님 얼굴과 화통하신 성격으로 후배들을 지도해주고 가르쳐주신 모습이 오늘따라 무척 그립습니다.

제가 이등병때 전입와서 황보전 원사님을 처음 뵐 때 무척 무섭고 겁이 났지만 면담간 따뜻하게 말씀해주시던 것이 생각납니다.

"군 생활은 혼자하는게 아니라 전우와 함께 생사고락을 같이하는 것이고 , 죽는날까지 평생 전우이자 동지임을 명심해라 ”

그 말씀 지금도 가슴에 새기고 후배들에게 가끔씩 옛 이야기를 들려주곤 합니다.

그리고 살아생전에 같이 낚시하던 모습과 시를 써주시 던 모습이 보고 싶고 그립고 생각납니다.

다시 한 번 불러봅니다. 황보전 원사님 사랑하고 존경 합니다.

비록 이곳에 안계시지만, 그곳에서 편히쉬십시오.

공격 계속 근무하겠습니다

− 가장 멋진 후배 상사 김태성 올림 −

친구를 생각하면서

나와 오랜 친구로 지내온 황보 전 자네는
진정 정의로운 사람이었고
없는 자 가난한 자를 위해 돌봐주는
그런 정많은 친구였지.

보고 싶은 친구야
지금 자네는 어디쯤에 있는가
먼저 나온 글은 모두 읽어 보았네
참신하고 좋은 글들 남기고
좋은 인연들 뒤로 한 채 먼저가니 평안은 하신가...
돌이켜 보면
자네의 황소 고집도 보기 좋았고
사람들을 아끼는 마음 또한 좋았지

전아...
형님은 여전히 운동도 열심히 하시고
택시, 마을버스 자식들도 같이 모여
잔을 기울이며 슬픔을 같이 하기도 한다.

그렇게 자네 간지가 벌써 1주기가 다가오는군
자네 생각에 마음이 먹먹해지는건
어디 나쁜이겠는가...
장마비가 계속되니 자네 황보전이 생각이 많이 나네...

차례

봄

하늘 바람
개구리 울음에
봄은 돛을 달고 온다.

머리칼 잔바람에
듬성듬성 우짖는 봄.

뭘 내게 주겠느냐?
새파란 풀잎—
그도 아니면 부드러운 바람?

혹, 내가 널 보러 남쪽으로 가면
안되겠느냐?
네가 날 또 맞으러 올래
어쩌면, 넌—

매년 보아도
새색시 같구나

내 생일 날

내 생일 날!
아침참에 자지러 지듯한
까치가 날아간 자리
매미는 선잠 깬 아이처럼 울어 댄다.

까치는 성을 내도 운다고 했고
매미는 노래를 해도 운다고 했다.

내 생일 날!
어머니는 볕도 들지 않은 골방에서
등나무에 매달린 조롱박처럼
온몸에 땀방울을 적시며
생일을 만들어 주셨다.

내 생일 날!
내가 거둔 아이들을 생각하고
저고리 고름에 눈물이 묻어 난다
모두들 축하를 해주지만

정작!
내 생일을 만들어 주신 어머니도
솔바람 보내주던 까치의 쉼터, 감나무도
내 곁에 ... 없다.

하오의 숨막히는 바람만
빌딩숲을 맴돌다 간다.

너와집과 돌감

틈새 벌어진 너와 집 뒤편
굴참나무 너럭 굴뚝에서
저녁 짓는 연기가
산중턱을 감아돈다

억새도 익고
찔레나무 열매도 빨갛게 익고
잎떨귀 감나무에
까치 밥으로 남겨진 돌감!

된서리 맞은 농익은 무
성겅 썰어 넣은 맵싸한
가재 매운탕 맛이
산골오후를 적신다

바람은 고요하고
가을 햇살도 포근하고

한 됫박의 홍주 향기에 취하여
초점 잃은 눈으로
먼 산등을 넘는 산 까치를 본다.

낙엽비

낙엽이 비처럼 쏟아지는 날
나는 또 편지를 보내리라
작년! 책갈피에 곱게 접어 두었던 단풍잎을
자그마한 조각배에 띄워 보내리라

노란 은행잎이 비처럼 쏟아지는 날!
나는 너에게 샛노란 소식을 전하리라
해묵은 도덕책 속의 때깔 낀
은행잎을 한 장 붙여 보내리라

나는 또
빨간 단풍잎이 빗소리 되어
눈처럼 쏟아지는 날
작은 단풍잎을 모아
너에게 편지를 보내리라

사각거리는 낙엽비 속에서
소슬바람이 훑고가는

공원 한쪽 벤치에 앉아
비처럼 쏟아지는 낙엽을 보며

나는 너에게
마음 한 켠을 열어 두리라
야금거리며 익어가는 마음 한 쪽을...

새벽을 여는 마음

새벽을 여는 아침에
나는 덩그러니
새벽속에 서 있었다.

절대 새벽을
맞으러 가지 않았지만
안개 낀 새벽녘에 혼자 있었다

아침은 신선하다 그런 생각뿐
모자람이 더 많았다.

나는 새벽을 항상 연다 하나
새벽은 늘 거기 있었다.
그리고 언듯언듯 내가 맨 먼저
새벽을 연다고 착각을 하였다.

새벽을 맞으러 갔다가
신발에 이슬만 흠뻑 맞았다.

내 영혼을 드릴까요?

누구에게 내 영혼을 드릴까요?
아무런 댓가도 없이 순수한 영혼을 드리고 싶습니다
마음을 아파하는 영혼은 깨끗합니다
마음이 가난한 영혼은 맑은 법이지요
마음이 고달픈 영혼은 투명하고요
애쓰고 고통을 참는 영혼은 고결하답니다
마음을 열어 놓을 영혼을 드리고 싶습니다
하지만 그런 영혼은 너무나 쓸쓸 하답니다
모두에게 빼앗겨 버리기 때문이지요

아픔도 고달픔도 마음 껏 열어 놓을
영혼마저 당신에게 드리리다
영혼을 아픔을 모두에게 주는 것은 당신의 몫이겠지만
그래도 드리고 싶을 뿐이지요
비록 껍질만 쓰고 산다해도
당신께 모두 드리고 싶습니다

바람

햇빛 따사로운 날
옥상에 올랐더니
빨래가 날아갈 듯 바람이 분다

바람은 야속스레 불어
온 도시를 펄럭이게 한다

스모그도 아닌 작은 황사 알갱이가
도시를 더 매캐하게 한다

따스한 바람이 불어온들 뭐하랴
들쑥 캐는 여인들이 없는 걸

얼음풀려 물가 출렁인들 뭐하랴
한 움큼의 달래도, 캘 겨를이 없는 걸.

물속 버들치도 꽃가루인지
모래먼지인지 모를진대

자주색 제비꽃만 종일
먼지만 쓴다.

석수쟁이

내가 돌쪼아 돌속에서
보살을 찾는 것은
그를 닮은 마음에서입니다.

내가 돌쪼아 돌속에서
마리아를 불러내는 것은
그를 닮으려 하기 때문입니다.

내가 돌쪼아 풀과 꽃을
오려 내는 것은 그 청아함을
닮아보려 하기 때문입니다.

내가 돌쪼아 그릇을 빚어 내는 것은
그 그릇에 신선한 음식을
담아 보려는 마음 때문입니다.

내가 돌쪼아 야차와 마귀를
그 속에서 건져내는 것은

그들이 있어야 재미있을 것 같아서 입니다.

나는 돌쪼면서 예술을 한다 자부하나
타인들은 석수쟁이라 합니다.
보살과 야곱, 천당과 극락을
수시로 오가나 내 밥그릇은
항상 비어 있습니다.

학교 앞 개나리

학교가는 길
돌담 개나리가 드문드문
입을 열었다.

나비들이 가지에
점점이 붙어 있는 것 같다.

흠뻑 내린 아침서리에
아직은 봄인가 했더니
계절은 속절 없이도
봄을 가져다 준다.

썰렁한 새벽 서리 속에도
꽃잎은 열리고 있었다.

다만 먼지를 몹시 쓴
꽃술이 가엽다.

시간 속에서 비에 씻겨
수줍은 모습이 새색시처럼 되겠지만
또 가여운 생각이 든다.

늘 거기에 있어
있는 둥 마는 둥 하지만...

창수의 개울

창수의 개울이—
그 맑던 개울이—
이끼도 아닌 백태가 끼었다.

사람들이 몹쓸짓을
한껏 하고는
새싹이 돋은 양지에서
낚시대를 드리운다.

저— 더러운 물에서
팔뚝만한 잉어가 잡힌들,
또 월척이 줄줄이 꿰인들 뭐하랴.

모두들 알고 있다
먹을 수도, 가져가
기를 수도 없다는 것을.

하지만 하루종일
낚시대를 곱추 세우고 있다
잡았다가 놓아주는,
바보같은 짓을 계속하면서...

사람보다 더 비를 기다리는
붕어가 가엽다.

약(藥) 비는

한밤중 소리없이
단비가 내린다
어떤 때는 "오도독" 거리는
빗소리에 수수꽃다리가
피우다말고 우수수 떨어져 내릴 것 같다.

수양버들 언저리는 여름을 쫓고
미동도 없던 민며느리풀은
불쑥 돋아 올랐다.

약비는 밤새워 내리고
새벽은 이슬이 되어 내리고
아침은 보슬비가 되어 내린다.

고슬고슬 머리에 얹힌 비는
구슬처럼 영롱하다
입술에 닿으면 연분홍 물감이 되어
무지개를 부를 것 같다.

삐비풀향

삐비풀 질근 깨물어
입 향내 풍기는
마른 언덕 산소옆.

자금거리며 갈래갈래
껍질 찢어 모았네

올곧은 향기 채 느끼기 전
흰 눈썹 휘날리듯
홀씨되어 날리네

봄날은 가고 저만큼, 여름 끝에
오독하니 서서
삐비향 깨무네

삐비 : 백모(白茅) — 띠의 방언
쓰임새 : 이뇨, 신장염, 부종, 수종외 10가지 한약재료로 쓰임

바람불어 좋은 날

바람부는 날
벚꽃잎 하매 날려
눈처럼 떨어진다

화들짝 개인 날은
쟁기찬 맑은 소방울 소리
꽃잎날려 소잔등을 밟는다

비탈이라 언덕위
엉경퀴 대 물올라
봄날은 간다

바람불어 좋은 날
벚꽃잎 날려 눈처럼 쌓인다
산자락은 꽃눈을 맞으며 푸르러진다

빨간단풍

봄단풍이 하매
발알갛게 물들어
가로수 터널을 만든다.

제철도 아닌 단풍은
익어서 물들지 못하고
아기손바닥을 닮아간다.

여름꼭지가 뜨거워도
파란물이 들기 전에
또 단풍이 진다

낙엽이 된 후에야
나무는 붉은 인주(印呪)를
홀가분하게 벗는다.

軍服

童顔의 앳된 少年이
故鄕을 떠나, 歲月을 돌아
戰線에서 三十年을 머물렀다.

山돌아 물굽이 따라 돌아
흘러간 時間만큼 먼길을 왔다.

구름 머무는 산등성이와
漆黑에 눈 흐리는 들판을
별을 보고 이슬을 맞으며
쉬임없이 걸어 예까지 왔다.

흰머리 듬성나고
주름 패인 이마에 미소 지으며
制服을 추려입는 아들을 본다
어려웠던 세월들...
忍耐와 苦痛의 그늘들이
머—언 메아리 되어서 허공에 머문다

골짜기의 스치는 바람도
철조망에 얽혀 있는 이름모를 풀들도
언덕을 감싸는 잡목숲도
이제는 後輩들에게 물려 주련다.

언 듯, 산골짜기 작은 部隊의
애국가를 듣고 가슴이 뭉클하고
자랑스러워 흥에 겨운
땀에 젖은 三十年 軍服의 나를 본다.

―30년 군복무를 축하하며...

전역

땀배인 군복을 곱게 개켜
장롱 속에 넣는다.

무수한 山과 들을 헤메어 돌았건만
한조각 땅도 한 움큼의 물도 차지 못하고
가슴속만 멍우리가 들어 後排를 맞는다.

後排야! 너희에게 해 줄 말이 없다
낡은 군복 낡은 군모 두 개만
세월의 저편으로 갔구나

사회로 향하는 마지막 문턱에서
멀건 눈으로 녹슨 철길을 보며
陰影 깊숙한 건너편 빙토를 보지만
봄이와도 얼어붙은 대지를
한줌도 만져보지 못하고 가는구나.

나는 너희들을 믿고 가겠다
저 땅을 어루만질 날들은 꼭 오리니
사랑의 눈으로 넣어 두거라.

그리고 우리가 바라는 날들이 오면
한껏 안고, 마음껏 눈시울을 붉혀보자
결코
머―언 세월은 묻어두지 않을 것이니...

추수

대추! 붉은점 채
채우기전 온 첫서리

새벽 입김 하얗게
선들거려 옷깃 비틀고

둠벙 물 뽀얀 안개속
다익은 볏논에 때늦은 피사리

혼자핀 들국화 향내 가신 시간들
물소리, 새소리, 계절가는 소리

수렁논 벼 알갱이
마알간 진흙냄새

다랭이논 벼 훑는 소리
언듯언 듯 들리듯 말 듯
"와룽 와룽 와룽 와룽"

애기똥풀

5月!
붓꽃 필제
모 꼬댕이 감아쥐고
―어허야―
못단 던져
하루해가 쉬엄이 없구나.
―차암―
시간도 아까웁고
엄지길이 짧은 해 보며
은사시 나무아래
돗자리 깔제
질펀히 깔려 있는
노란
애기똥풀.

―차암:새참

외제 산채나물

지리산 어느 산자락
산골 아낙네들은 휴일만 되면
등산로에 진을 친다
고사리 한 움큼 취나물 한 움큼
더덕 몇 뿌리

이른 봄 싱싱한 두룹순이 나를 유혹했다
살짝 데쳐 초고추장 듬뿍찍어
먹는 생각에 두룹 특유의 향내가
나는 듯 하다

잔뜩 기대한 저녁 밥상
향내는 없고 두룹맛이
종이 씹는 맛이다

다음 날 친구에게 불평하니
핀잔만 디립다 해댄다

그 먼 곳까지 가서 중국산 두릅을
왜 사왔냐는데 할말이 없다
젠장! 산채도 외제판이다

대왕님 수난시대

생판 모르는 남에게
문자 메일을 한 통 받았다
짧은 글 속의 내용은 이해가 간다
한데 맞춤법이 네 개나 틀렸다
원!......
한글을 알면서 쓴건지
모르면서 그냥 쓴건지

"잘 지냈어여
전화객거덩여
놀러 오세여
존화 주세요 "

세종께서 지하에서 웃을라...

봄!

3月!
아직은 춥지만
느낌은 봄이다

얼음 덜풀린 물가에 앉아
부들대와 동화된 찌를 보며
코끝 맵사한 바람을 맞는다

너울대는 갈대솜 꽃
쉬 녹지 않을 것 같은 얼음
덤불밑에 고갱이 움추린 망초나물

작년 가을 서리 곁에
화들짝 올라온 찌불에
가슴이 뛰던 생각이 난다.

남녘의 봄이 탐난다
물결만 타고 너울대는 찌톱!

목련

회색빛 도시 회색빛 하늘
하늘에서 쏟아지는 황사들

이 도시의 매캐함이
정녕 싫어지는 계절이 왔다

창 밖의 회색 미로 속에
허물어진 블록 담장 후미진 끝에,
백합 송이를 닮은
목련꽃이 주렁주렁 열려 있다.

작은 집이 온통
목련 송이에 묻혀
그 집 뜨락이 보이지 않는다

계절은 목련이 터지는 걸
잊지 않고 있었으며
목련 나무는 올해도 거기에 서서 또 핀다

풍경

딸랑!
생(生) 풍경 소리
산골물 녹는다

딸랑! 딸랑!
맑은 마음 울림소리
천상(天上)이 간 곳.

딸랑! 딸랑! 딸랑!
하늘로 나는 바람 소리
산 울음 뱉는 극락(極樂) 소리.

대물이 간자리

앞산 진달래 피기도 전
노란 꽃술 떨어대는 버들강아지
남쪽자리 죽치고
빛쪼이는 태공

낮술 한잔 거나 하여
햇빛 쫓는 사이
엉덩이까지 밀어 올린 찌!

힘껏한 헛챔질에
가슴만 벌렁이고
친구 지청구에 심통맺어
벌러덩 누우니

끝없이 펼쳐진
자운영 꽃밭

불곡산 단풍

불곡산에는 단풍이 진다
허연 바위틈새
겨우 뿌리잡은
잎떨귀 나무들이
철 이른 단풍을 뱉고 있다

불곡산은 온통
꼭뒤서부터
단풍을 뱉어 낸다
다람쥐가 먹을
깨금*도 떨어졌고
도토리도, 밤도,
익지 않았을 텐데...

*깨금:7−8월 열리는 나무열매

강변

풀씨 날리는
강변 산책로를
자전거를 타고 달린다.

중랑천 참!
맑아졌다.
뻠치 붕어가 물따라 올라와
얕은 물에서 요동을 친다.

안개비에 흠뻑 젖은
코스모스가 애처롭다.

조각밭 알밴 무는 가을을 달리고
어깨 벌어진 족파들은
가을이 깊어 감을 알린다.

오늘도 산책객들이
새벽을 열고 있다.

안개 그득한 산책로를
휘파람 불며
자전거를 타고 달린다.
"호이 호이 호호이"

살다 보니...

어쩌면 이 가을은
낙엽 한 줄 보지 못하고
첫 얼음만 볼 것 같다.

이슬비 젖는
가을걷이 둑길을 보고 싶은데...
바쁜 마음 조바심 내는
생각이 여물어야 하거늘...

올 가을도 서너뼘 되는
책상만 지키다
가을을 보낼 것 같다.

창밖으로 멀건이
가로수 단풍만 본다.
먼지 찌들고, 덜 익어 떨어지는 낙엽이
저 무슨 단풍이냐?

마음열고 웃는 아이 한번
보듬지 못하고
두터운 겉옷만 껴입는
계절만 본다.

황혼(黃昏)

콧부리 돌아가는
얼음 울음 울던 곳
산천이 세 번 바뀌었다.

바람, 그리고 콩낱 같은 비
진달래 채 오름 오르지 못해
꽃봉오리 움츠리고
밤을 지새워 물 울음만 우는구나.

저기 저 곳 동백꽃 피는 황토 땅이
가물 가물 하거늘
흐린 눈 껌벅이며 흰 머리칼만
빗물에 펄럭인다.

바다를 닮았던
수평선을 닮았던
하얀 백사장을 닮았던
여인은 가고

늙어 군불 지핀 아랫목이 그리웁지만
어쩌랴!
마음 따뜻이 누울 곳이 없으니

물 울음, 바람 울음, 비 음만
밤새워 듣고 간다.

이렇게 맑은 날은

비 온 후 깨끗한 날
눈 앞이 산이다
아침 고요 속 정적은
또 향기롭다.

이렇게 하얀날
꽃잎 줄래줄래 꿰어
마음 준 이에게 보내고 싶다.

눈부신 햇살에
긴 속눈썹 바르르 떨며
맑은 빛, 허공으로 흘린다.

너무 맑은 날은
뭔가 모를 자괴감이 든다.

짧은 다리 한 껏 벌려
눈앞에 보이는 공제선(空際線)을
징검다리 삼아 건너보지만
그냥 마음만 거기에 있다.

향기

화려한 꽃은 향기가 없습니다.
보기에 화사한 꽃도 향기가 없습니다.
장미 꽃다발을 받고 냄새를 맡은 것은
아주 바보같은 짓이지요.

두겐베리아도, 나랑크로스도, 페추니아도
그 화려함에 비해 향기가 없습니다.
그리고 벌과 나비도 찾지 않습니다.
장미가 아무리 화려하게 유혹을 해도
벌은 가지 않습니다.

내가 아는 당신은 향기가 있는 여인인가요?
수수꽃다리와 같은 향기를 가졌나요?
은근한 향과 꿀이 듬뿍 든 호박꽃을 닮았나요?
고소함을 간직한 들깨 꽃향기의 여인인가요?
아니면 까마중을 닮은 아린 맛이 있나요?
둥굴레의 초롱처럼 나비를 품나요?

당신은 향기를 가진 여인이었으면 싶습니다
초봄 냉이와 돌나물 같은 향기를 간직하면 더 좋구요
화려함보다 오래 남는 향기를 가진 여인이면 합니다.

철원 가는 길

철원 가는 길 곳곳이
전차 방어선이다
용치(聳峙)와 낙석(落石)들이
즐비하게 서 있다

세월의 먹음음 인가
산 진달래가 겨를 주어
낙석 사이 뿌리 내려 꽃을 피웠다

이끼 꺼멓게 낀
시멘트 틈에서 생경스럽고
활짝 핀 꽃이
또 아름답다

산골 옥수가 용치에 걸려
물막이가 되었고
시멘트 덩이가 산허리에 박혔다.

철원 가는 길은 영원히
봄이 올 것 같지 않다
들녘 스치는 창가에 새파란 보리싹이
마음을 조금 어루만져 줄 뿐이다.

진지(陣地)

내가 선 진지 앞
목련은 올해도 백합다발을
한껏 묶어 놓은 것 같다

콩나물 무침 된장국 한 술에
점심을 때우고 참 꽃을 바라본다

내가 너희만 할 때는 훈련도 무섭지 않았다
내가 너희만 할 때는 몇 백 킬로의 행군도 무섭지 않았다
내가 너희만 할 때는 하루 종일 진지에 자갈을
져올려도 힘든지 몰랐다
내가 너희만 할 때는 적군이 바로 앞에 있어도
싸우면 이긴다는 신념이 있었다
정말 무서운 것은 배고픔이었다

참 꽃을 입에 넣고 우물거리는 선임(先任)의
눈에는 옛 추억이 아른거린다

나는 난생 처음 먹어본
진달래꽃의 의미를 모른다
떫고 씁쓸한 꽃을 먹는 것인 줄 조차 몰랐다

이등병의 하루 햇살이
길기도 하다.

사랑하는 사람

사랑하는 사람!
당신의 슬픔은 나의 아픔입니다.

사랑하는 사람!
당신의 괴로움은 곧 나의 지옥입니다.

사랑하는 사람!
당신의 행복해 하는 모습은 나의 천국입니다.

사랑하는 사람!
당신의 평화가 내 인생에 하얀 날개입니다.

사랑하는 사람!
당신은 나의 터 그리고 나의 혼입니다.

사랑하는 사람!
당신이 있으므로 내가 존재합니다.

사랑하는 사람!
당신이 웃고 있기에 내가 기쁩니다.

사랑하는 사람!
당신의 미소가 내게 평화를 줍니다.

님이여

내 님이여
당신은 나의 전부입니다.
그러기에 당신의
어른거리는 모습도
나의 재산입니다.

아지랑이 같은 어른거림을
항상 보여주세요.
내 님이시여.
님을......
오래오래 같이 하고 싶습니다.

늘봄 찻집

원두향이 진했던 찻집은
여러 해를 거기에 있었다.
세월을 돌아 한참을 있다가 가도
거기에 덩그러니 있었다.

작은 칸막이 속에 있는 DJ
착 가라앉는 목소리로
신청곡 "나자리노"를 구수한
입담과 함께 들려주던 늘봄찻집.

세월 속에 간판도 낡고
화사하게 입 내던 주인마담도 가고
주변 건물 사이에 묻힌 찻집

언젠가 내가 입 냈다
"왜? 늘봄찻집이지?"
"거야 늘~ 봄 같으라 지었죠"
사람들 마음은 늘 봄이었으면 싶다.

새야! 새야!

백로 한 마리가
홀로
써레 지나간 물논을
더듬는다

송화가루 휘날려
송기 끝의 새순은
반 뼘이나 올랐건만

어이하여 아직도
홀로 있는지

소나무 곰삭아 해마다 등걸되어
외다리에 고개 묻은
네 자태 보고 있구나
작년 이맘 때 지어논 둥지
삭아서 내리건만
언제 짝을 찾을 꼬...

아가야

내 귀여운 아가야
둥글둥글 큰 아가
갸름갸름 작은 아가

하얀 미소가 있는 큰 아가
작은 눈을 가진
겁쟁이 작은 아가

어느새......
수염이 까시리 자라는
아가가 되었나?

둥글둥글 큰 아가야
갸름갸름 작은 아가
창포(菖蒲) 끝에
이슬처럼 마음이 맑은 아가

꿈

별똥별은 하늘을 하얗게
금을 긋고 간다
불빛이 줄어들지 않는 도시의 밤도

까만 어둠이 깔린 시골구석의
작은 논길 위로도
하늘 한 구석에서는 가끔씩 금을 긋는다

할머니는 배고픈 우리에게
별똥은 졸깃졸깃 맛있다 했었다
별똥은 성주산(城主山) 너머에 항상 떨어진다 했었다

지금은...
어릴 적 꿈꾸었던 별똥별도,
할머니도! 내 곁에는 없다

해남의 바닷가

시퍼렇게
날이 서 있는 바다 속으로
옥(玉)처럼 맑은
햇빛이 내리 쏟다
조개껍질 가루가
하얀 모래가 된
청정의 해역

시린발 서러서
오금 움추릴 때
보고 싶은 꽃게는 없고
바위에 붙은
너울대는 해초들

은빛 비늘

하얀 달이 은빛 비늘이 되어
호수 위에 자작거린다.

어느 토담집 창가에
흘러나오는 불빛도
호수 위에는 은빛 멍석을 깔았다.

소슬 바람은 또,
호수의 살피듬을
칼질하듯 훑고 지나간다.

바람은 그마저도,
수 방향을 지닌 은어의 비늘을
언듯 언듯 만들고 간다.

호수는 달을 품었고
달은 호수에 얼굴을 묻었고
바람은 그들을 훼방하며 싱긋 웃는다.

장미

5月
계절의 여왕 마지막 날에
몽실몽실 장미송이가 피었다
언덕 위 붉은 장미
손으로 쥐면 붉은 물이 흐를 것 같다.

5月이 가기 전에
딱 한 송이의 장미를
꽃병에 꽂아
침대 머리에 둘 것이다.

아침에 일어나 키스하고
저녁에 들어와
물을 갈아 줄 것이다.

장미가 지면 작은 해바라기를
화분에 심을 것이다
햇빛 잘 드는 그곳에...

여시같은 마눌

내 아내의 발은
꼬―옥 한 뼘이다.
신발은―
깎지 않은 손톱까지 해서
꼬옥 한 뼘이다.
30年을 이백 삼십, 이백 삼십 이 밀리이다.

허리는?
처음 이십 사에서
20년 전에는 이십 육 인치
10년 전에는 이십 팔 인치
그 다음부터는 모른다.
왜?
더 아는 체 했다가는
하루 일용할 식사에
위협을 느끼기 때문이다.

요즘은

새들은 얼어붙은 응달에서
한참 만에 울었다.

겨울은 너무나 길었고
먹을 거라곤 바닥이 난 채
어디에도 없었다.

피라미가 사는
작은 개울도 얼어붙어
이끼 한 모금 먹을 수가 없었다.

그래도 재작년에는
봄이 빨리 찾아와
조금은 즐거웠고, 신나는 일도 있었다.

하지만 봄이 온대도
새들의 먹을 것이 풍족하게 있을까?
참새, 멧새, 굴뚝새, 들새 떼까지...

여행을 떠나보자

자! 우리!
여행을 떠나자
먼 산자락에 구름이 흘러내려
습습한 들판을 걸어보자

작은 새장에 갇혀
생을 보내는 새들이 되지 말고 떠나보자
가다가 힘들면 쉬고
쉬다가 노곤하면 자고

작은 냄비에 보글거리는
된장찌개 한 술과 몇 모금의 물로
허기진 배를 채우며
여행을 해보자

겨우겨우 다리를 뻗을 만한
작은 텐트에서 비를 피하고
때로는 우박을 맞으며

걸어가 보자

우리가 언제
흠씬 비를 맞아 봤는가?
고의 밑이 질척거리도록
소나기를 몸에 대어 보았는가?

언제 한 번 찝질한
머리 타고 흘러내린
빗물 맛을 본 적이 있는가?

자! 우리!
세상만사 다 잊고
여행을 떠나보자
은하수강이 나를 막더라도...

가을 꼭지

쪽방 문 쪽 툇마루 지붕 끝엔
서늘한 서리를 실은 가을 구름이 보인다.
감나무에 달랑거리는 까치밥이 된 감들 서너 개!
채 홍시도 되기 전에 너럭 껍질 같은
나무 사이로 가을 낙엽이 지고 있다.

흩뿌리는 늦가을 속의 소슬한 바람은
서너 개의 이파리도 할퀴고
어느 땐... 한 줌의 이파리도 할퀴며
명감나무 넝쿨 사이로 자취를 감추어 버렸다
어쩌면 겨울을 바라는 마음 일런지도...

늦가을 오후는 투명한 하늘과
간지럽고 따뜻한 햇빛이 포근함으로 내게 온다
저수지 저 쪽 잘 바래어 붉어진 가을 나무들을
후ー호ー이 감싸 안고
내가 있는 곳으로 휘돌아 감아온다.

누가 보리밭 이랑을 매려는가?

안개가 낀 산비탈 밭
보리 새순은 아침마다
이슬로 목욕을 한다.

작년에도 그 작년에도
이맘때 쯤이면 아침마다
안개비에 목욕한 보리를 본다.

찌그러진 사립문,
엉클어진 텅 빈 외양간 천장 위에 코뚜레,
부스스한 툇마루의 먼지들.

산골 마을의 집들은 그렇게!
한 채 한 채 숨결이 없어져 간다.
오늘도 종달새는 꽁지가 빠져라
하늘 위로 올라가건만.

이 늦봄에! 누가 보리밭 이랑을 매려는가?

화장(化粧)

맨날 맨날 나의 아내는
화장대 체경앞에 앉아 얼굴을 토닥인다
두 발을 가지런히 포개어 모으고
사뿐히 무릎을 꿇고
부지런히도 얼굴을 토닥인다.

새색시 때! 저 발은 주름 하나 없이 매끈했지만
지금은 작은 골들이 여기저기 패인 발바닥을
부끄럼도 없이 내보이며
열심히 거울만을 보며 얼굴을 토닥인다.
그래도 작은 주근깨들은 늘 아내를 속상하게 한다.

"당신의 얼굴은 너무 때려 멍들었나보오"
했더니만 나이답지 않게 바알간 홍조를 띠며
곱게 눈을 흘긴다
오늘도 아내는 화장대 앞에 앉아
열심히 얼굴을 토닥인다.

아침 화장을 하는 것은
남에게 보이기 위한 거지만
저녁 화장을 지우는 것은
사랑하는 남편을 위해서인 것을
나는 다 알고 있다.

그대!

귓가에 일렁이는
한 줌의 바람도
손을 들어 맞아야만
느낌을 알 수 있건만

그대!
사랑이란 한 개의 허울로
마음 상하게 하지 마오
그저!
무심히 흐르는 물도
따뜻한 말과 온순한 말만 듣고도
모양이 각각 틀려지는 것
한갓 미물일지라도 감정은 있는 법

그대!
사랑이란 단어로
거짓 끈을 만들려 마오
몽매한 일들은

세월의 뒤 끝엔
언젠간 드러나는 것
그리고...
마음의 슬픔은 平生을 남게 하는 것

그대!
사랑이란 달콤한 생각으로
나를 슬프게 마오
사랑의 감정도
마음의 서글픔도
잠깐 동안의 꿈을
서러워 서러워
잡으려 한다오

공해

반쯤 들 찬 막걸리 한 잔 마시면서
겨울 무 한 개 갈라 깨물어 봤다
그저 들척지건 한 것이 무맛이다.
까무잡잡한 낡은 베란다 저 편을
회색으로 퇴색된 겨울 하늘과
반쯤은 빛바랜 건물들이 올망졸망
내 곁으로 왔다간 가고 한다.
한껏 내뿜는 매연에 얽힌 하늘 한쪽에는
잔뜩 찌들은 별들이 도시의 겨울 하늘을
더욱 맵싸하게 만든다.
카시오페아자리와 전갈자리...
저렇게 먼 하늘 언저리에 작은 좀생이자리가
보일 듯 말 듯 한다.
반쯤 감긴 졸리운 눈과 한 잔 더 마신
막걸리 탓에 긁적거린 허벅다리엔
양보리수 만한 모기 물린 자리가
한층 짜증이 나게 한다.
요즘 겨울은 모기도 죽이지 못하는가...

헤어짐

헤어짐이란?
아침과, 저녁에도 이루어진다
부부라 할지라도
잘 때 헤어지고
일과에 절어 헤어지고
인생에 닥쳐올 일들로
하루를 살면서
하루 한 시간도 만나지 못하고
반복되는 세월을 보내고 만다

가을 낙엽이 익듯이
귀밑머리도 익어가지만
세월은...
미운 짓도, 예쁜 짓도,
모두 삼켜버리고
인생은 또한
찾아드는 저녁의 고요처럼
영원히 헤어진다

갈대의 솜꽃

산 갈대는 늦가을도 오기 전에
하얀 솜털이 되어 산 아랫녘부터
파도가 오는 것처럼 일렁인다
작은 웅덩이의 눈물 만큼한 조롱물들은
차가운 아침 공기에 부르르 떨며
얼음 조각을 만든다.

강쇠바람은 새벽부터
겨울 입구를 차근차근 다독이건만
산 끝은 어느덧...
이 시린 겨울이 되어가고 있다.

온 겨울도 눈은 아름아름 오겠지만
삭풍이 부는 모진 엄동(嚴冬)은
갈대 끝의 솜털과
바람에 묻은 눈이
뒤엉키고 흩날리며

감창(感愴)이 되어 더더욱 서글픈
노들목 언저리에서 부는
산 울음소리나 되어라.

얼음 울음

겨울밤은 저수지 먼 곳으로부터
얼음 우는 소리로 시작이었다
겨울이란 군불지핀 아랫목에서
눈 덮힌 잡목숲까지 추워지는 거였다

호수도, 어제 내린 눈들도,
굽이쳐 돌아가는 곳부리 언저리도,
새하얀 눈들로 덮혀 있었다
멀리 건너편 작은 불빛은 점이 되어 흐르고

하얗게 걸어오는 겨울 새벽은
문풍지마저 부르르 떨게 하였다
방안에는 외풍(外風)이 슬그머니 찾아와
시린 어깨에 이불깃을 여미게 하였다

새벽닭은 우짖건만 날은 밝지 않았고
쩌정— 거리는 얼음 가르는 소리만
귀신 울음이 되어 먼 여운만 남는다
이 새벽을 누가 먼저 여물 솥에 군불을 지피려나?

감꽃

호밀대 긴 목
썩뚝 끊어
감꽃을 꿰었다.

하얀 감꽃은
진주를 올망스레
모은 것 같다.

한 줌 훑어 내려
철수도 주고
한 줌은 영이도 줬다.

히죽이 웃는
영이의 입에 하얀 감꽃이 그득하다.

산소 가는 길

길을 가다가 들꽃을 봤습니다.
절대로 화려하진 않았었죠!
그렇다고 천박하지도 않습니다.
왜? 저 꽃을 패랭이꽃이라 했을까요?
머리에 얹는 패랭이를 닮아서일까요?

저 꽃은 항상 그래요.
꼭— 이 삐비풀과 작은 산갈대 사이에서 피어나거든요.
왜? 그런지는 나도 모릅니다.
그냥 그곳이 좋아서 머무른 것 같습니다.
그래서 패랭이꽃이라 했겠지요.

그 길은 그저 나지막한 산자락이었어요.
꽃이 너무 갸냘퍼 사람들이 손을 대지 않습니다.
그래도 그 꽃은 작년에도 그 작년에도
그 곳에 피어 있었거든요.
하지만 넓게 퍼지지는 않았습니다.

일 년에 서너 너덧 번

늘 그 곳을 지나치다 패랭이꽃을 봅니다.

거긴 나를 낳아주신

어머니 아버지의

산소 가는 길이거든요.

山行

흐드러진 복사꽃 같은 하얀 눈길 따라
작은 오솔길과 산 구릉은
온통 눈꽃이었다.

소나무는 어깨가 무겁도록
눈을 지고 낑낑거린다
이 겨울엔 눈이 채 녹기도 전에
간밤에 한 뼘 가웃 눈이 더 왔다.

쏘는 듯한 아침 햇살은
산비둘기를 눈뜨게 하고,
움츠렸던 고개를 들고 주변을 보지만
딱히 옮겨 앉을 자리도 없다.

눈(雪)을 바라본 눈(目)이 더 아프다
시리도록 냉기 어린 산은 또 마음을 훔쳐간다
그 잃어버린 마음은 작은 발자국의
산행에 묻혀 버렸다.

뒤돌아본 아랫녘은
골짜기 싸한 바람과
배 불뚝 나무들만 제멋대로 서 있다.
자박자박 맛있는 발걸음에
겨울산은 향기롭다.

미운 고향

훨씬 오래 전에 마을로 들어오는 동구 밖에는
자갈길 덜컹거리며 소달구지가
느릿느릿 성에 낀 아침을 지나가곤 했다.

내 어릴 적 고향은 미운 생각만 든다
늘상 배가 고팠고
눈이 내리면 저 눈들이 쌀이면 싶었다.

동네 한 가운데 우물은 어린 내겐 너무 먼 거리였고
작은 꼴 망태엔 항상 저녁에 땔 나무들이
몇 움큼씩 담겨 있었다.

그렇게 미운 고향은...
늘 나에게 바라는 것은 많았지만
베풀지는 않았었다.

진눈깨비에 젖은 흙 한 움큼 없던, 마음 속으로만 고향
생각은 훌쩍 다 늦은 봄날

진달래 흐드러진 산허리에서...

한 아름 꺾어 안고 붉은 입술 보이며 깔깔거렸지
물 풀린 개울에서 시린 발을 담가 보았지만
한 움큼의 다슬기도 건지지 못했었다.

지금은 멀리 잊혀진 미운 고향
어떠한 이유도 찾지 못하면서 둘러보지도 않는 고향!
아지랑이 피는 철길도
소담스레 올라온 양지머리의 풀들도
어쩌면... 고향을 잊는 이유가 될런가...

써레

딸랑딸랑 소 방울소리
소 달구지 느릿느릿
김 서린 논길을 간다

논 가운데 두엄더미
모락모락 김 서리고
소 달구지 수레에도 김이 서린다

한 줌 재 뿌려
두렁콩 심은 자리 땅이 솟았고
이슬 내린 자운영(紫雲英)도 싱그러운데

무릎 적신 농부는 써레를 지고
멍에 걸친 소잔등도 김이 서린다
우멍 쉬운 콧잔등에 풀냄새만 그윽하다

비

비는!
고향을
가져왔다.

숲 속에 떨어진
비들이 모여

흙탕물의
고향 들판을
알려줬다.

미꾸라지도
비를 따라
마당에 떨어졌다.

각시 붕어만
물 섶에
숨어 있었다.

봄 속으로

봄이 오는 밭이랑은
말라 버린 쪽파와 냉이들이
조그마한 눈을 뜨고 올라왔다.

달래는 땅 속 깊은 곳에서
속살을 다 묻고 살았지만
하얀 살피듬은 수줍어 눈을 부시게 한다.

서리 내린 짚누리의 하얀 새벽을
언 손 호호 불며 따사로운 양지 쪽에
태공들은 낚시대를 드리웠다.

이제 겨우 눈을 뜬 쑥들은
안간힘으로 겨울을 떨쳐 보지만
새벽의 깊은 곳은 아직도 겨울이 잡고 있다.

덩그러니 서 있는 산자락의
쥐 밤나무도 봄살이 오르고

개 복숭아도 봄살이 올랐다.

가지의 끝들이 꽃망울이 되어 갈 때
여름은 또 잎새 끝에서
봄을 떨궈 낼 것이다.

이런 달디 단 봄날이 가기 전에
노란 동백 향내를 한껏 맡아보자
내일이 되면 또 비가 올지도 모른다
졸음은 다시 가슴에서 밀려온다.

그리움

그리운 사람은,
곁에 있는 것만으로도
행복하다.

그리움이란,
늘 거기에 두고
느끼고 싶은 마음이다.

그리움이란,
온통 다정한 모양으로
색깔 바뀌어 가는 거다.

누군가 그를
그립다고 말을 한다면,
가슴 속에 녹아내리는
폭죽의 꼬리처럼
조금씩 얇아지는 것이다.

유성이 하늘 한 쪽을 긋듯,
그리움의 잔해도
가슴 한 켠에 금을 그으리라.

하늬바람

명사십리길
빨간 동백이 피는 백사장에는
봄 마음도 피었다.

꿈결같은 몽롱하고
울렁이는 마음으로,
파도에 밀리는 모래 결만 헤집었다.

아무도 보는 사람 없건만
먼발치의 작은 집을 보며
곁마음질을 하였다.

바람에 날리는 바지랑대의
빨래 꼬투리만 보아도
슬그머니 얼굴이 붉어졌다.

아마도 저 집에 사는 이는
뒷간도 가지 않을 세라...

예쁜 짓

우리 집 강아지는 미친 강아지
학교 갔다 돌아오면 야옹 야옹
고양이도 아닌 것이 야옹 야옹.

우리 집 고양이 미친 고양이
학교 갔다 돌아오면 멍멍멍
강아지도 아닌 것이 멍멍멍.

세상 참!

숲 속의 꿩들은
꿩꿩 소리를 내며
몸부림 쳤다.

이렇게 하얀 봄에는
눈송이처럼 흐르는 고요와
익어버린 잔디 위에
빗물처럼 흐르는 아지랑이는
신기루처럼 내게 온다.

산과 맞물린 꼬방 동네는
아이들이 재잘거리는 소리에
봄날은 가건만
작은 발 가지런히 모을 방이 없다.

작은 참나무의 까치도
이층집을 짓고 사는데
사람들은 갈 곳이 없다
에라이~
그럴 바에 차라리 들치나 될 것을...

무지막지한 놈

하루 종일 걸어도
한 자도 가지 못했다
땡볕 아래 그늘을 찾아
부지런히 걸어 보았다
그래도 땀은 나지 않았다
내 발에 땀나는 날
토끼뜀을 하리라

하지만 토끼가 뛴다고
나도 뛸 수는 없다
나는 대대로 양반의 가문에서
태어났기로...

—달팽이—

선창에서

겨울 새벽바람은
물 빠지는 갯벌을 더욱 차갑게 한다.
짭잘한 갯내음과 파도의 울음은
하늘과 바다가 구분이 되지 않는
절벽을 만들어 낸다.

봄은 먼 발치에서 오고 있었건만
바다는 아직도 겨울이었다.
키조개는 얕은 모래톱에
입술만 내밀고 있었고
새조개는 속살만 뾰족이 물결만 봤다.

파도처럼 드러난 모래톱은
잔물결이 되어 서걱거린다.
괭이 갈매기는
키조개 따위는 쳐다보지도 않았지만
사람들은 땅만 보고 다녔다.

한참 가다가 뒤돌아보면
아까 거기인 듯 한 곳에
덩그러니 나와 있는 새조개를
정작 새들은 거들떠보지 않았다.
새들이 훌쩍 날아간 자리엔
또다시 난바다의 물결이 몰려오고 있었다.

하늘을 볼 수 있다면

저 하늘에 한 조각의 빛이 있다면
그 빛을 입안에 머금을 수 있다면
그 쪽빛 하늘에 난 kiss 하리라
그 가녀린 난간 밑에서
애써 하늘을 보리라

연꽃잎 머리에 눌러쓰고
빼꼼이 하늘을 보리라
물방울 방울 거리는
무지개 핀 쪽빛 하늘을...

사과

사과는 진서리와
첫 눈을 맞아야
꿀 사과 된다고 했다

시려운 손 호호 불며
서리 맞은 사과를 땄다
따다가 질끈 물어 보았으나
꿀은 오간 데 없다

다만!
서리 맞은 꼭찌께가
햇살을 받아
눈시울만 빤할 뿐이다

까치란 놈이 쪼는걸 보니
저 사과만
꿀이 들었나보다

굴 익는 계절

굴이 노랗게 익어가는 계절에는,
엄마는 갈고리만 가지고
굴을 잘도 땄다.

아버지는 엉거주춤
낙지잡이 삽을 메고,
멀찍이 엄마 뒤를 따른다.

눈송이 같은 굴들이 점이 한 개씩 찍혀
양재기 속에 모아지고 있다.
굴 껍질보다 더 많은 주근깨가 있는
엄마의 얼굴을,
아버지는 빤히 쳐다봤다.

"얼굴을 왜? 빤히 보우?"
"누가 가져갈까 아까워서 그렇지!"
"가져가기는 무슨... 누가..."
"당신 마음(心) 말이요"

民草

가을은 이제 그만
깊어졌으면 싶다
반만 남은
쭉정이 벼를 보면
속이 상하는데
배추도, 무도
알이 차지 않았는데
어쩌면 마늘의 싹도 나지 않았는데
귀뚜라미 소리도
제대로 듣지 못했는데
가을은 이제 그만...
깊어졌으면 싶다

작은 연못

산허리 잘록한 곳에
아주 오래 전부터
작은 둠벙이 있었다.

뿌연 하늘의 첫 봄의 비는,
굴참나무 숲에도
둠벙 위에도 하루 종일 내렸다.

새벽부터 내린 찬비를
산비둘기와 때까치는
하루 종일 맞고 있었다.

그렇게 작은 연못엔
수없이도 많은 동그라미들이
왔다가 사라지곤 했다.

여름이면 수침 수초도 마실을 올게고
물방개와 소금쟁이도 널 들을 뛰겠지만,

산개구리 마저도 바닥에 웅크리고 있었다.

세월은... 작게 고인 물을 적시고도 갔고
어떤 땐 말리고도 갔지만
작은 둠벙은 오래 전부터 거기에 있었다.

마음 소리

바라고 있는 것은 흘러가는 바람이었다
기다림이 있기에 가슴 떨림도 생겼다
작은 가슴 저미는 아픔도 아래로 흘렀다.

기다림이란?
먼발치에서 눈을 감고 마음으로 보는 것
기다림이 있기에 희망도 볼 수 있었다.

눈에 보이지 않는 바람도
작은 느낌만으로 알 수 있었다.
님의 한쪽 편으로 흘러가는
바람은 되기 싫었다.

바라고 서 있는 마음의 고요 속으로
상상의 늪은 너무 깊숙이 가슴을 저며 왔다.
사랑은... 곁에 머물지 않고
또 다시 흘러가는 바람이었다.

사랑이란?

세월이 흐른 후

군데군데 아픔과 그리움만 남아있는 거였다.

한 잔의 술(酒)

내 사랑하는 벗이여!
우리 오늘 한 잔의 술을 나누어 보세
깜부기 보리 이삭 숯검댕이 되도록
비벼먹고 세월을 보낸 친구여!

언제든 세월을 당겨 한 잔 나누세
국화주가 아니면 어떠한가?
휘황찬 불빛이 없으면 또 어떤가?
옥구슬 울리는 여인의 목소리와
가야금 타는 망루가 없던들 어떤가?

잔디밭 구석 포도(鋪道) 귀퉁이를 빌려
거적때기 깔아놓고
막걸리 한 사발을 걸침이 어떠한가?
어차피 국주나 막주나 취하는 건 같은 걸

혼자 먹으면 쓸쓸한 국주도
둘이 먹으면 다정한 막주가 된다네
우리 서로 지란지교(芝蘭之交)의 마음을 담아
새벽을 맞으러 가세.

용추계곡

술로 밤을 세운
새벽의 골짜기에서
울툭거리는 자갈과
뼈 속까지 시려운
계곡물을 밟고 섰다.
어그적 거리고
냄새나는 입 안을
북북 문질러 닦는다.
지끈거리는 머리
술에 젖은 머리칼
참으로 생 거롭다.
산골물 몇 모금!!

가을과 양식

서늘한 새벽의 기운은
한 줄기의 달콤한 글로
채우려 한다.
달콤한 줄기를 한 모금씩
베어 먹는 맛이란?

뜨거워진 발바닥에
차가운 바람으로 살포시
핥게 하였고, 뽀송한
살결을 보드랍게 한다.

기승을 부렸던
한 낮의 여름은 책을
덮게 했지만
이 가을의 문턱에서는
새벽의 싸늘한 기운과

잊지 못할 한 줄기의 글로
홑 이불을 끌어 덮는다
잠으로 서서히 잦아드는 새벽을
꿈 인냥, 맛있는 글을
한 모금 삼킨다

동강(東江)

동강의 산세는
코닿이 언덕!
반달, 다섯 겹, 골짜기는
비에 휩쓸려
막아 놓은 보(洑) 뚝을
한길 넘게 쓸고 갔다.

강가의 돌들은
제멋대로 뒹굴고
산비탈을 메운
가을 닮은 소채로
산 뿌리를 꾸민다.

산들은 구름 위에 솟았고
바위는 구름을 불러 감싸 안았고
이끼는 바위 아래 매달려
운무(雲霧)를 손짓해
발아래 저장한다.

동강의 산과, 물과
절벽과 돌들은
빼꼼이 보이는
하늘만 보고 있었다.
그래도 해는
내내 뜨지 않았다.

잊었으면

잊으려는 생각은
할수록 잊혀지지 않는다.
헝클어진 생각을
정리할 시간 조차 없다.

언 듯
스쳐 지나가는
풀숲의 이슬도
온화하게 머금은
따뜻한 미소도

세월이 지나면
점점 엷어지는데
왜? 잊으려 할수록
가슴 뒤켠에 서 있는 그대를
잊지 못하는 걸까?

하얀 눈썹달이 뜬다 해도
눈부신 해가 한낮 중천에
걸려 있어도
세월이 마구 흘러
잔잔한 마음이 되어도

문득이
떠오르는 잊혀지지 않는....
가슴 뒤켠에 서 있는 그대를
다시 한 번 꺼내어
다듬어 본다.

까만 태양

이런 빛바랜
실록의 계절엔
이글거리는 까만 태양이 쏟아져 온다

어제만 해도
늪늪한 공기와,
설킨 덩굴나무 그늘은
축축한 기분이었는데

까만 태양을 담뿍 받은
신록은 오늘도 검으스레
살색을 바꾸어 가고 있다

나무는 비도 좋아하지만
열기 후끈한 빛도 좋아할거며
건너기 힘든 골짜기를 건너
힘에 겨운 듯 가녀린 손을 잡고 있다.

그러면서
개울물이 졸졸 흐르듯
세월도 한없이 졸졸 흘러가고
흘러가는 세월을 보내며
까만 태양을 쳐다보지만
집 한 채만 덩그러니 눈만 먹먹케 한다

상상

세상에
길고도 많은 것들 중에
생각의 꼬리란 너무나 길다.

오두막 초롱불
들기름이 바닥이
날 때까지

긴 겨울의 새벽이
깨질 때까지
상상의 생각은 끝이 없다.

걱정과 근심
환희와 기쁨
복수와 치기 어린 생각
왕과 거지를 오가며
새벽을 맞는다.

실타래 끝을 잡고
실패에 연 실을 풀듯이
미동도 없이 얽힌 실을
풀어 나간다.
짧은 새벽의 잠은
끝도 없이 밀려온다.

장마

내일도 오늘처럼
별이 빛났으면 좋겠다
풀이끼가 돌 틈 사이로,
숨어들 듯이

아침이 되면 별들은
사그러 들겠지만
서둘러서 오는 밤을
불러오듯이
별이 빛났으면 좋겠다.

한 낮에 잠깐 났던
구름 사이의 조각빛을
밤이 되면
별을 또 가리우고
오늘도 축축한 밤이 되어간다.

그리고 제비꽃은 별을 잠깐 보려다
비만 흠뻑 맞는다.

여름밤

호밀 대 멍석 깔고
쑥대 태워 모기 쫓다
깜빡 졸음 사이
손톱만큼 물렸구나.

무더워 진득한 밤
성경, 성경, 호박 썰어
담쑥, 담쑥, 떼어 넣은
밀수제비 한 그릇
후후 불어 비우고

산골 물에 몸 담그고
벌렁 누워 하늘 보니
오라!
오늘이 그믐이로구나
수박서리나 가볼까?

숲

정적 속의 고요는
나무 사이로 조용히 흐른다
나무 향은 은은하고
어디선가...
파랑새 우는 소리에
언뜻 귀 기울였지만,

날개짓 소리도
늘씬한 몸짓도
보지 못하고 귀만 기울인다.

숲 속의 고요와
서늘한 기운은
오랫동안 내 곁에
머물고 있다.

후두둑 어제 내린 이슬이
방울되어 귓불을 부비면

소름이 움츠러들고
상쾌함에 오금이 저려 온다.

숲은...
까마귀도 오지 말고
시끄러운 까치도 오지 말고
파란 파랑새와
노란 꾀꼬리만 왔으면 싶다

노을

저녁은 또 노을을 가져왔다
노을은 저녁을 몰고 오면서
밤나무숲 언저리에 잠시 머물렀다.

나뭇가지 사이로 빨간 쟁반이
산적(散炙)되어
눈(目) 속으로 커지며 다가온다.

춤너울이 흐르는 곳에
붉게 바랜 구름 절벽이
한 개씩 바뀌어 간다.
폭포수와 천사의 날개들이
매미 껍질처럼,
조그맣게 빛바래 간다.

노을이 머물고 떠난 언저리에는
까맣고 볼품없는 밤이
조금씩 가까이 온다.

이젠!
잠자리도
배추밭 언저리의 풍뎅이도
다들!
하얀 아침을 기다리며
작은 문들을 여민다.

영혼

나는 먼길을
떠나려 하네
지릿지릿
냄새나는 양말을 벗어 던지고

시큼하고 비릿한
속옷을 벗어 던지고
실개천물 한 바가지
뒤집어 쓴 후
먼길을 떠나고 싶다네

내게 바라는 것이 없는 곳
나를 힘들게 하지 않는 곳
새들을 불러 풀씨 몇알 주어
돌려 보낼 수 있는 곳

벌레가 되어 땅을 기어도
먹을 것이 풍부한 곳

생각이 탈골(脫骨)되어
누구든 용서 할 수 있는 곳
그곳으로 나는 떠나려 하네

여보게 시간 있으면
나와 함께 가던지
그것도 못하면
노자 돈이나 몇 푼
보태 주시게

통일 조국

이런 따뜻한 봄날이 오면,
전투화끈 질끈 동이고
행군을 나섰으면 한다.

달랑 군장 하나와 소총 하나
수통에 물 한 모금 채우고
마른 건빵 두어 봉지 챙겨
길을 떠났으면 한다.

삼천리 금수강산 어디엔들
가보고 싶지 않을 소냐만은,
나는 상상의 축지법을 써서
휴전선 너머로 금강산을 한바퀴 돌고,
젖은 감자 두어 알로 허기를 채우고,
개성을 지나 평양의 대동강에
아린 발을 식혀본다.

걷고 걸어 압록강에 다다라,
청정수를 수통에 가득 채워
목젖이 터져라 먹어 보고 싶어진다.
백두산 정상에 올라 마음껏 소리치며
통일 조국의 내 땅임을 자위하고 싶어진다.

두만강 맑디 맑은 물을 철모에 그득 담아,
잔등 흘린 땀을 등물 한 번 하고,
달디달게 마셔 보고 싶어진다
아! 통일된 조국 강산이여...

곧은 낚시

이 밤도 곧은 낚시 드리우고
별빛을
먹고 있다.

겁이 많은
눈망울 큰 아이처럼
놀래킨 붕어의 눈도
채보지 못한 채

차가운 별빛만
마시고 있다.

강물은 칠흑 속에 묻혔고
들풀은 이슬을 불렀고

한잔 술은 태공에게
잔잔한 외로움만 불렀고
새벽은 어느새

동트는걸 불러들였다.

안개 싸한 물가엔
곧은 낚시만
멀뚱히 눈뜨고 있다.

그 여름이 오면

그 잎은,
낙엽이 올 때 까지
줄곧 나무를 지킬 것이다.

잎은,
많은 시간을
나무 언저리에서
맴돌며 살 것이다.

세월이 흐르고,
나무는 또
그 잎을 지키려면
너무 힘이 들겠지.

여름은 가고,
그 여름 끝에
잎은 또
힘들어하며 질 것이다.

지는 잎은,
아쉬움을 달래며
나무를 떠나겠지만
눈은 또
포근한 나뭇잎을 덮을 것이다.

그대

바로 곁에 두고도,
감사함과
고마움을 느끼지 못한 그대!

모든 걸 알지만 쑥스러워
말을 못하고, 세월을 지내는 그대!

부드러운 미소 다정한 목소리
향기가 묻어나는 말들을
마음속에 간직한 그대!

알면서도 모르는 체
상대의 작은 가슴을
어루어주는 그대!

세월이 한 없이 흘러
먼 훗날의 시간 속을 살아도
정녕 변함없을 그대!

연산홍

울타리 곁의
철쭉은 흐벅 터졌다.

진분홍 꽃두릎은
햇살 속에
더욱 붉게 달아오른다.

색, 색이
원삼, 족두리
연지와 곤지
하얀 댕기 고름까지.

선녀의 구름 머리 타고
나비는
하느적 거린다.

벌은 나비더러
샐쭉하며 그만 가라 이른다.

계절 속으로

겨울은 겨울대로 눈 위에
토끼 발자국과 노루 발자국을 보아서
너무 좋습니다.

봄은 봄대로 소나무 가지에서
노란 송화 가루가 흩날리고,
눈가루 같은 꽃잎이 마구 떨어져
너무 좋습니다.

여름은 여름대로 박달나무에
박달이 익고 개망초 핀 산비탈이 하얘서
너무 좋습니다.

가을은 가을대로 솔잎 속에
뾰족이 올라오는 송이와
단풍이 맛있게 익어 있어
너무 좋습니다.

흘러가는 계절은 모두
주머니 속에 넣고 살고 싶지만,
그건 하눌님 만이 하실 일이지요.

주당(酒黨)

바위를 등에 지고
냉기를 깔고 앉아
술병을 기울인다

세상은 발아래서
술 취한 객(客)을
올려다 보았고

술 취한 객은,
시원한 소피 줄기 뿜으며
세상을 향해 껄껄 거렸다.

술은 거기에 있어
사람을 먹었고
사람은 술을 마셔
술더러 "호놈" 한다.

시집가는 누나

콩닥 콩닥
디딜방아 소리
어머니 한숨 소리.

쿵덕 쿵덕
연자방아 소리
아버지 한숨 소리.

잘쿰 잘쿰
절구 찧는 소리
큰 형수 한숨 소리.

철썩 철썩
떡메 치는 소리
우리 누나 웃음소리.

새들은?

콩새는 콩만 먹고사니?
서쪽새는 서쪽에만 살거지?
때까치는 때깔 좋은 옷만 입을 거니?
굴뚝새는 연기만 맡을 거구?

콩새는 콩닥 콩닥
서쪽새는 서쪽 서쪽
때까치는 때까 때까
에그! 굴뚝새만
목욕을 못했구나?

가보지도 않고서

양달에 사는 토끼는
응달이 춥고 무서워
한 번도 그곳을 가보지도 못하고,
먹을 것이 없어 굶어 죽었다.

응달에 사는 토끼는
양달이 너무 밝아
한 번도 그곳을 가보지도 못했건만,
먹을 것이 너무 많아 배 터져 죽었다.

바람 부는 날이면

이렇게 바람이 부는 날은
황토빛 언덕에 서서
메마른 들판을 본다

바싹 마른 바람은,
속절도 없이 내 곁을 지나
머물곳을 찾아 떠났다.

저 언덕을 넘으면 바다가 보일텐데
작은 언덕 끝에는 바다가
맞닿아 보일텐데...

먼지 뿌연 하늘은
바다의 울음을 토하게 하고
배들은 또 가랑잎이 되어 흔들린다.

이렇게 바람 부는 날이면 언덕에 서서
작아진 하늘을 보며
외투 깃에 얼굴을 깊숙이 묻어 본다.

내 밥그릇

바위 밑의 꺽지는 밤에만 나와 다녔다
깔딱(토종) 메기도 항상 밤에만 다녔다
뱀장어는 바다로 갈 시간이 지났건만,
미적거리다 바다로 가지 못했다.

이들은 작은 소(沼)에서
영역을 나누어 으르렁 거렸다
꺽지는 버들붕어만 먹는다 했고,
메기는 큰 납자루만 먹는다 했고,
뱀장어는 쉬리만 먹는다고 큰소리 쳤다.

이 작은 소(沼)에 먹을 것이 떨어진 날,
반딧불이 애벌레 하나를 놓고
서로가 피터지게 싸웠지만,
이들은 여름이 다 가도록 그곳을 떠나지 못했다.

겨울 바다

겨울 해변은,
사람이 없어 좋다.
모래에 다른 사람들의
발자국이 없어 더 좋다.

겨울 해변은,
모래보다도
하얀 조가비의 가루가
더 많아서 좋다.

겨울 해변은,
여름보다도 큰소리치는
바다 울음과
매운 바람이 있어 좋다.

바다는 항상,
쉬지 않고 뭍을 향해
소리를 질러대서 좋다.

여름

퐁당퐁당 개헤엄 소리
까륵 까륵 아이들 웃음소리
야금 야금 달궈진 조약돌 무덤
하늘색에 묻혀 버린 나무 잎사귀

잠자리! 말잠자리!
물 속에 꼬리 잠고
해묵은 갈대 사이 비비새 둥지
쨍—하고 깨지는 초여름 오후

별

까만 물 속에 헤엄치던
별들이 쏟아지는 날
나는 대바구니 지게에 엎어지고
쏟아지는 별을 건져 담으리라.

작은 소쿠리 한 개 그득은
내 사랑하는 아내의 방에 두어
사랑을 만들게 하고

또 한 소쿠리는
아이들의 방에 두어
별 꿈을 밤새도록 꾸게 만들고

꼴 망태에 가득 담은 별은
어머님 산소 옆
소나무에 걸어 두리라.

수정같은 별들은
낮에는 녹아 잔디를 적셔 줄거고
밤엔, 산소 곁에 피어있는
할미꽃을 환하게 밝혀 줄테지.

필경 또 한밤은,
어머니 아버지가 별들의 다리를 건너,
소중한 만남을 가질 테지.

작은 새

비가 오면 새는 비에 젖는다
강물은 비에 젖는 법이 없지만
새들은 비에 젖는다

작은 새는 작은 소리에도
떨림은 더욱 커진다
솔방울이 떨어지는 소리에도.

지나가는 샛바람 소리에도
삭정이 떨어지는 소리에도
작은 고개가 더욱 움츠러든다

비는 삶을 가져오곤 하지만
새는 비가 그쳤으면 한다
그래도 무심한 하늘은 콩 비를 뿌려댄다.

새벽별은 보이지만
아침이 오려면 멀었고
아침이 온다 해도 햇살이 나올는지...

1965년 봄

샘이 솟는 우물가엔,
빨래하는 댓돌이
얼기설기 놓여 있다.

첫째 돌은 헹굼 돌
둘째 돌은 방망이 돌
셋째 돌은 허드레 돌

샘솟는 곁에 물독 놓는 돌
바가지 엎어놓는 정갈한 돌
똬리 올려놓는 뾰족 돌

순이가 똬리를 틀어 이고 온다
물동이 얹은 머리 곱기도 하다
물방울은 똬리 꼬리에 방울방울

제비

가녀린 목
날렵한 다리
쭉 뻗은 날개

윤기 나는 흑머리
흑진주 같은 눈동자
부채를 닮은 까만 꼬리.

허공을 차고 오르는 큰 몸짓
칼날같이 세운 날갯짓
허공을 헤엄치는 그대

그대는 정녕,
지푸라기 섞어 토담집을 지었던
옛 시골집을 잊으셨나요

몇 년이 지난 금년 봄에도
그대의 모습은 보이지 않아

텅 빈 들판과 전깃줄만 바라봅니다

언젠가 돌아오리라
믿기는 하지만
그저 바라는 마음인가요?

강남이 너무 먼 걸까요?
아니면 이 땅이 싫어졌나요?

그대의 물찬 모습은 추억 속에 있고
추억은 모습을 담고 그대 돌아오는 날
두 팔 벌려 반가이 맞으러 가겠소

제비여!

철새

새들은 자유로워서 좋겠다
날고 싶을 때는 날고
먹고 싶을 때는 먹고
쉬고 싶으면 쉬었다

그런 새들에게 사람들은
화살을 날렸고 총을 쏘았다
콩 속에 약을 넣어 유혹해 죽였다

하지만 새들은
사람을 쪼아 죽이지도 않았고
불을 질러 곤란하게도 안했으며
남의 것을 뺏어 창고에 넣어 두지 않았다.

그러나 사람들은 도망치는
새들을 보며 우쭐거렸다
하지만 새들은 도망치지 않았고
겨울이 지나 세계 여행을 떠났다.

사람들은 일년 내내
섬에도 한번 가보지 못하고
제자리만 뱅뱅 맴돌을 돌면서 그런다

봄 밤

작은 구름이 잦아드는
싱그러운 봄밤은
살랑 바람이 얼굴을 어루고 간다

까만 밤 속에서
하얀 배꽃 향이
코끝에 와 닿는다

촉촉해진 이슬은
작은 과수원 탱자나무
생울타리를 적시고

어디선가,
개구리 울음 소리에 실려
톡 쏘는 라일락 향이 내게로 온다.

이렇게 살랑거리는 봄밤은
누구에게든 다정한
연인이 되고 싶어진다.

인생

내가 그곳으로가 넓은 바다를 본다면
더할나위 없겠지만
가고자 하는 곳은 늘 실개천 뿐,
어쩌다 바다를 볼라치면
너무 먹먹하여 가리비의 흰빛마저
느끼지 못한다.
우린 넓은 곳에 항상 마음은 있지만
언제나 실개천에 머물다
그렇게 간다.

동백꽃

관솔향 그윽한
실개천 징검다리
산골 소년은 징검다리 건너서
노란 동백꽃을 꺾어 왔다

드문드문 피어 있는 노란 눈꽃은
너도밤나무 숲 군데군데
새색시처럼 배시시 웃는
수줍은 동백꽃!

엄마는
동백기름 얻는 걸 걱정했지만
소년은 앞섶에 꽃물만 들였다

소년은 어른이 될수록
징검다리는 작아져 갔고
동백 열매 걱정하던
엄마도 곁에 없다

초가 지붕위

따지 않은 박들이 널부러져 있는곳
낸들 그곳에 가
진득거리고 싶지 않겠나!
밥 비벼 헝크려 놓은 것처럼
진눈깨비 오는 초저녁의
의뭉스러움,
밤깊어 가며 얼어가는
소름스러움,
멀리 자작나무 사이로
쉿소리 되어 들려오는 바람소리
냉큼 입벌려 말 뱉기 싫은 것들
돌담속에 웅크린
낮으막한 초가집.

고개

소머리고개 바로아래로 토담집 한 채
잔치국수 얼큰한 맛
멸치 다시다국물에 말은 잔치국수,
그 곁에 골뱅이 무침, 찹쌀 동동주,
또랑물 흘려 우무에 싸인 올챙이알
늦 추위에 웅크린 덜풀린 얼음.
이렇게 정월은 훌쩍 가고
제비 오가지 않는 3월이 오면
뉘라서 소란떨지 않으랴
그래도 봄이라고...

차 한잔, 눈, 사랑

이밤 지나고 나면
먼 곳으로 갈 그대여!
행여 그대가 본 것을 잊지마오

새소리 조차 들릴리 없는
도심 한가운데서
나는 그대의 모습을 본다오.

죽음의 문턱에 가까이 있다 하여도
빛나는 생애의 단한번 사랑을
벌컥이는 잔을 들어 그 사랑을 마시고자 하오

긴 세월은 가당치 않소
눈오는 이날만은 혼자 만의 잔을 드오
눈을 맞으며 춤을 출수 있는 잔을 드시오
오늘 또 찻잔속에
그렁그렁 함박눈에 고여요.

개똥벌레

무덤에서

예쁘고 가지런한

개똥각시

너울 너울 춤추는

여름날의 낮은 밤

잎 끝에 달린 초록이슬

설날

고향이 보이는 날에

갈대숲 바람 스처가는데

기러기 떼지어 날아

동강물 풀리고

은 물결 따라 가는 길!

금박으로 물드는 저녁길!

마음만

집으로 돌아가는 길...

섣달의 비

섣달 그믐이 코앞인데

안개비 세상!

경동천지 섣달에 비는 무엇?

산수유 꽃 봄 맞다

눈 벼락 맞고

산부엉이

털고르다, 깃털 젖는데...

아침

아침에 온 서리 성에발에 얹혀
뒤란 응달의 서걱 댐이랴
하얀 새벽에 입김 자욱한 외양간
구유!
감나무의 까치밥 떨군지 언제인데
신 새벽의 까치소리
낙엽위의 얼음 꽃들...
하얗게 다가오는 아침!
김서려 앞이 보이지 않는 산길!
그러면서 밀려드는 외로움
음... 으음 이 외로움

널 위한 기도

한 많은 세월이 흘러간 우리는
세월도 잊은채 가슴 설레임이랴
시간을 넘어 생각을 건너
너에게 가고 있다.
땀배어 진득한 지평선 너머로
나는 널 생각하며
핏빛 그윽한 아침을 맞는다.
그리움이 다 하면 낮은소리로
휘파람을 보내마
너에게만 들릴수 있도록...

안개

아침!
안개 보숭이 너울거려
고요속으로 가고
겨울 상수리 나무가
안개 밭을 오가는데
서리 머금은 안개가
옷소매를 적시면
겨울은 뒤란으로 가고
따스한 것들이 나를 기쁘게 한다
안개낀 겨울은 봄냄새가 조금씩 나서 더 좋다

폭풍의 언덕

천사의 날개인들 그러한 시련에 상체기가
아물날이 없을진대

우린 바보처럼
날개를 타고 간다
폭풍이 부는 언덕을 향해.

울고 또 앞다퉈 내빼는
바람이 되어 저만큼 간다
그 앞에 아무것도 없으면서

그리울 것도 보고 싶은 것도
그리고 내 세울 것도
아무도 없으면서...
생각만 저만큼 간다.

님 가실제

양지바른 저 쪽
둥개둥개 봉우리
님 오실제 진달래 관대...
님 가실제 삼베 버선...
지개미 아른거려 어이 보내나
―어해랴―
가을 창에 걸린 달덩이 같은 우리 님!
구럭에 담아 보다듬을 우리 님!
물 항아리에 넣어 이고 다닐 우리 님!
아기 되어 무릎베개하여 반백머리
고루어줄 우리 님
가실제 가실제에는
골단꽃 외씨보손 품에 접고 가소서...

내 사는 것은

가을에 그것도 가을 걷이 전에
여우비가 온다
이런 날은 어두운 도시가 참! 좋다
막 떨어지려 애쓰는 단풍은
며칠 후 낙엽비가 되어
거리를 메워 갈 것이다
비가 차고 바람도 차니
필경 겨울은 코앞이니 이 계절도
속절없이 지나가는 구나
가을도 겨울도 아닌 우리는
대체 어디를 가야 할까?
모양 있게 히말라야 눈 속에나 묻히면
흔적이나 남을 것을
우린 그저 도시 뒤편에 묻혀
가을 깊어 감도 모른다.

솔꽃

문경새재 넘기 전 솔밭위로
송화 가루가 연기처럼 흐른다
노란가루 연막이 되어 하늘로 간다
해는 뉘엇지고 산자락은
쪽진 새댁의 외씨버선 같고
남에게 보일세라 부끄러워
산 그늘로 감싼다.
흥타령 흥겨운 사과밭은
하루 왼 종일 솔꽃 향내에 취한다.

그대 슬픈 눈으로

그대 슬픈 눈으로
마음을 열지 말아요.
작고 여린 마음은 항상
슬프니까요.
누가 뭐래도 내 마음은 내가 간직
할꺼에요.
먼 훗날 많은 세월이 지난 후 난
당신 곁에
남아 있을 거에요
무덤에 할미꽃을 볼 수 있을 때까지
말이죠

달무리

달무리 쏟아져 머리에 이는 밤

들녘 가득 안개 솜이불 깔아

천년을 덮고 잔들, 뉘 뭐랄까 마는

핏빛 해무리에 하루를 못견디누나

그래도 우린!

달무리 따러 가자

달무리 따러 가자

섬

완도에 왔으나 청정해역은 간데없고

방파제 위 갈매기만 외롭구나

영웅 장보고는 선잠결에만 보일 진대

황금 햇살에 멸치 떼만 뛰는구나

쓰러진 뱃전위에 홀로 서 어홍가 불러

먼저 간 님에게 사모의 정이나 보내 볼까?

봄 그림자

해 그림자 길게 드리운 날은

마음이 먼저 봄이다.

장끼의 손사래가 저만큼 인데

싹 움틀 수 없는 날들이

밤에 왔다 낮에 간다.

세월 어줍어 버들물 올라

호드기 부는 날이 곧 올진대

마음은 왜 이리 추운건지...

W.t.....deal

눈도 오지 않은 이날이 무슨

하얀 날이려나?

박하사탕 한 웅큼 옹기 속에

감춰 뒀다 먼 길 가는 님

고의춤에 넣어 줄까?

때 아닌 산까치 자즈러 우는데

벚꽃잎 떨어져 하얀 날이려나

배꽃잎 떨어져 하얀 날이려나.

도라지 꽃

산에 도라지 싹
자주빛 오기 전에 봄나들이 간다
여름 부르려 봄나들이 간다

저녁놀은 꽃잎보다 더 검붉구나
싹 속으로 가자
노을 속으로 가자꾸나
날개짓 하면서 가자.

산마루는 타지도 않고
나무숲에 불이 붙었구나

연탄

연탄재를 발로 차지 마라

너는 한번이라도 상대방을 위하여

연탄만큼 뜨거워 본적이 있느냐?

조어록 中

오늘처럼 비가 오지 말고
눈이 오고 거리가 언다면
너무나 소중한 연탄재의
가치를 아시리오만

봄

황사를 몰고 온 봄바람

그래도 부드러운 새싹과

어여쁘고 수줍은 색시의

만삭의 배같이 꽃 봉우리를

잉태한 이름 모를 꽃들.

황사의 고통은 별거 아니다

쟁기질

새알이 터지듯 새눈싹이 터지는 날

제비 그리워 하늘을 보니

백태처럼 멍텅구리 천지(황사)

"이려!"

쟁기보습 날 세운 밭이랑 사이

떼 까치 무리들...

보내는 마음

황사 덮인 개나리울

서리 젖은 전선으로

그 길을 멀리 떠나는 이

눈물 밤을 새운 뒤 등 넘어 배웅하고

이슬에 젖는 노란 손수건!

一言

사람들은 남을 위해

일하는 척 하지만

결국 자신의 작은 만족이 없다면 그 어떤 일이

이루어지지 않는다.

성인도 결국 여러 사람에게

우러러 보임을 즐겼을 것이기 때문이다.

목련꽃을 보며

죽어 말라버린 나뭇가지에

하얀 꽃송이, 누가 그리워

저리도 순결하게 되었을까?

다시는 못 올 먼 곳으로 가신

서방님을 그리며 먼 산

바라보는 과수 댁의

청조한 모습을 닮았구나

보이지도 않고 있지도 않은 것을...

참 군인의 덕목

참군인의 길은 상명하복이다.
명령에 의해 다른 임지로 떠날 준비를 항상 하여야 하며
현 직위가 탐난다하여 그 직책과 직위에 연연한다거나
자신이 공들여 해놓은 과업이 많다 하더라도
미련을 두지 말아야 한다.
기 임지가 비록 벽지고 척박하여도
자신의 책임과 노력과
정성을 최대한 끌어올려 척박한 곳이 윤택해 지도록
노력해야 한다.

생활이 검소하여 타인에게 빌리는 행위를 하지
말 것이며
불의와 타협하지 말고 정직한 생활을 하여야 한다.
항상 국가에서 주는 녹의 가치를 인정하고
그 녹을 받는 만큼
국가를 위해 봉사했는지 자각하여야 한다.

상급직위자가 간혹 생각이 모자라 비록 자신에게

불리한 현황이 도래하더라고, 절대 비방하거나
원망하여서는 아니 된다.
그의 행동은 항상 시간과 역사가 평가하고 증명하며
거기에 대한 처벌은 자신의 체면과 양심이 훗날 그를
고독하게 할 것이기 때문이다.

자신을 위해 육신을 평안하게 운용하지 말라.
육신의 평안함
물욕과 나태와 병을 불러올 것이니 늘 깨어 운동하고
공부하라.
자신의 윤택함과 건강함이 국가가 충성을 요구할 때
언제라도,
강건한 육체와 정신이 갖춰져 있어야 한다.